# 不要
# 在我月經來時
# 逼迫我

謝曉陽

# 目錄

# 推薦

演員 **黃秋生**

謝曉陽，我稱她米蘿（Milo），好像身分挺多的。模特兒、演員、策展人、行為藝術家、現在又以詩人身分登場。我在我的演技班中認識她，印象中是多話、好辯、思路怪異和性感的雙唇。多年來其實沒很多的交集，只在年度的學生聚會中見面，偶爾互通短訊。從有的沒的話題中發掘出她思路和性格獨特的蛛絲馬跡。一直以來難以將她定位，我認為，所有的模特兒、策展人等等，只可算是她從事過的職業而已，還好她沒從事過餐飲業，不然再另加一項侍應生。直至有天她發給我她的作品，是的，是作品，絕對不是一堆模糊不清，概念詞彙含混的堆砌。我雖不懂寫作，但我懂得欣賞。正如老饕不需有高妙廚藝一樣。再分析再介紹下去也是枉然，藝術這種東西是要自己感受的，尤其是詩，只是有一點要提醒各位，曉陽的詩，對男性來說，尤其是那種自以為是的雄性動物來說，是種衝擊！小心！

# 推薦

詩人 **吳　芬**

曉陽的詩非常生活化，讀起來真切，自然容易走入許多人的內心，特別是作為女性讀者，都應該將她的作品供在床頭，日夜翻閱，以致粉碎每個人生活當中、愛情裡外的各項哀愁。她就像是個社會觀察家，將一些狗屁倒灶的事，利用自成一格的荒誕手法加以詮釋，使苦辣的百態有著鮮豔的糖衣，準確達到五味雜陳之觀感。令人為之一亮的更有她通透徹底的坦誠，字裡行間皆如利器般存在，之於自己成就檢視、回放，之於讀者則作為利刃，剖開一道道紊亂的傷疤，再以獨具的幽默感將之縫合，讓人宛如置身手術台，起身後逐一回望那些歷歷在目的生活，進而重新拾起對它們的熱愛。

# 子宮和臍帶

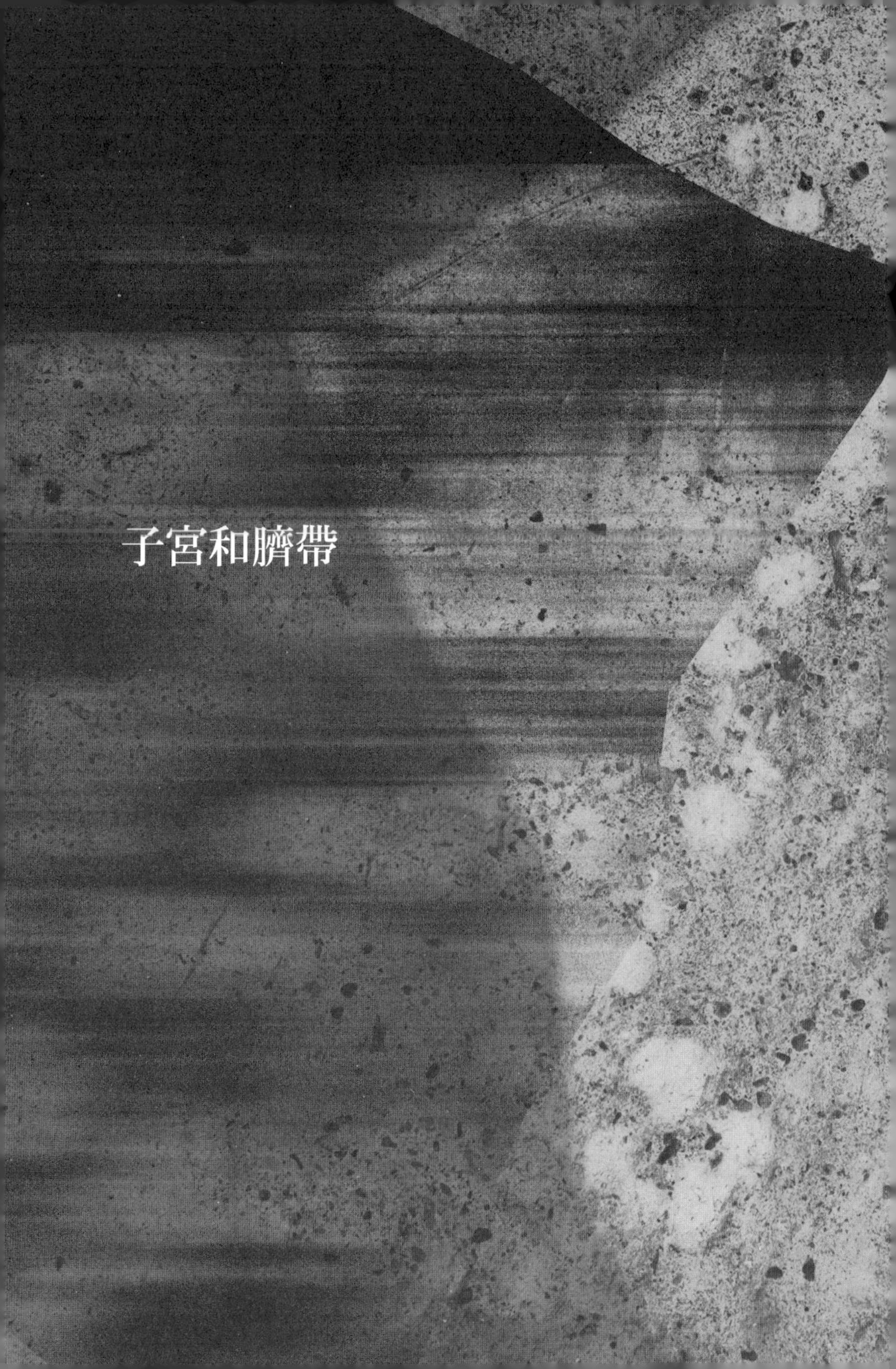

造作的人在咖啡店
寫詩
壓抑的人在自修室
　　　　　　寫詩
疲憊的人在巴士上
寫詩
瘋掉的人在空氣中
　　　　　　寫詩
我在你們的身體裡
寫詩

我愛他的牙齒
笑起來像 King Kong
他說你也一樣
當我們笑的時候
可以摧毀北韓

**不要在我月經來時逼迫我**

不要來裝寬頻
膨脹欲裂的時候
我不為任何人穿胸罩

不要躺在我身邊就扯旗
我會用經血在你的臉上劃十字

不要叫我為你的書寫書評
也不要看見我走進展場就給我堆笑臉
此刻我太真誠

不要叫我到低窪地區教畫畫
如果沒在路上淹死
就來把你的小孩咬碎

不要叫我洗碗
甚至洗澡

給我刮痧
或者拔罐
還要用精油仔細的
按摩——來吧！奴才！
等甚麼！

沒有奴才⋯⋯

那就讓我睡覺
夢裡我可以在水上行走或潛進
幽幽的水跟背著青苔的龜暢泳
夢裡我要從你公司順手牽羊一大堆
書寫流暢的原子筆但我甚麼都不寫
夢裡我不是詩人
我是一首詩

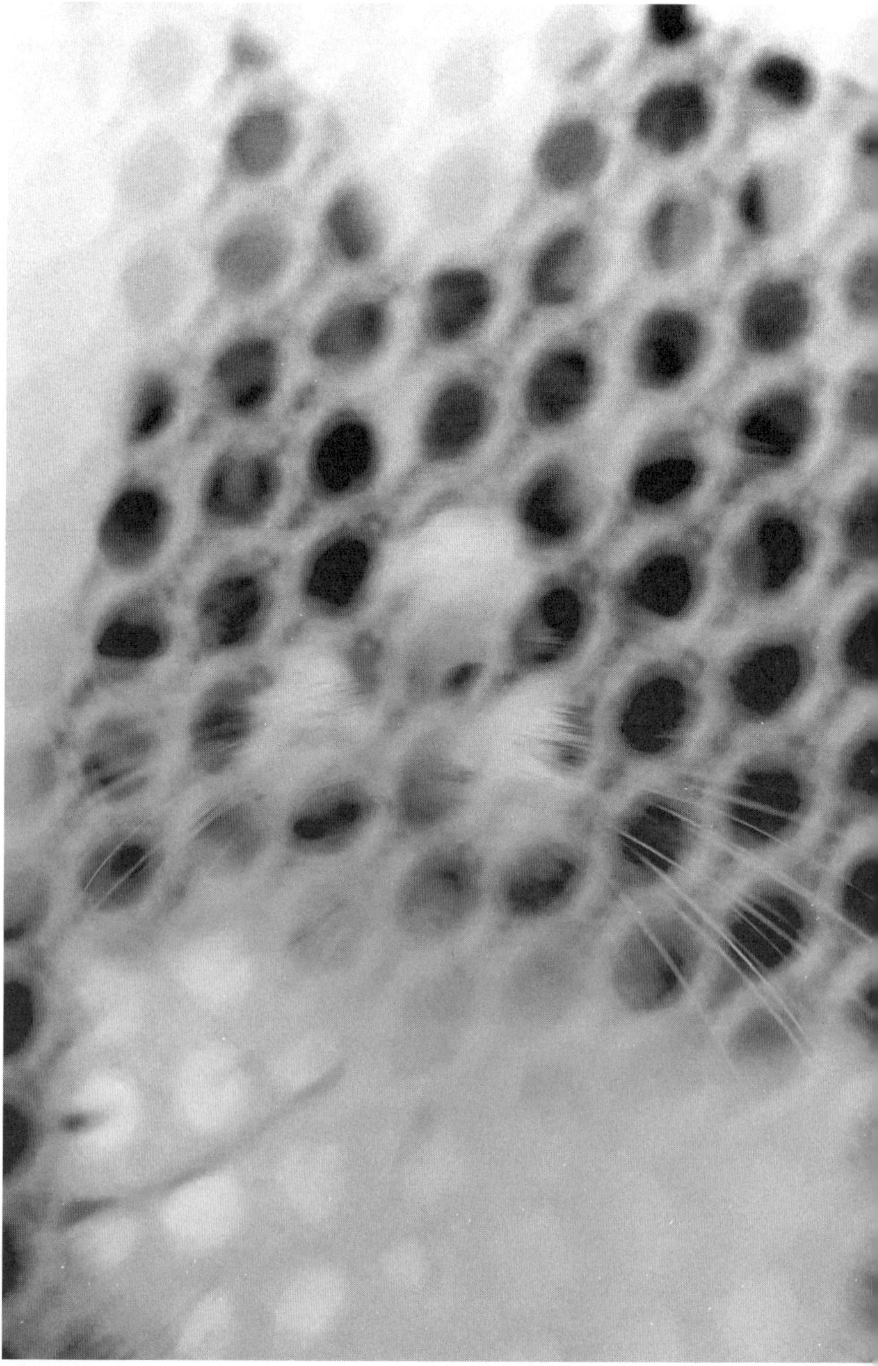

那時我趴著睡
頭向左
或向右都沒所謂，後來
她懷孕了，肚子比頭部
胸部
臀部
都大——她怎麼
睡覺？我悄聲問媽
女人不能趴著睡，她說
會壓死寶寶
於是我練習了七天
朝天花板閉目然後
放棄了……
我不能生育……
我會殺死寶寶……
現在我已沒法趴著睡
——可能是我的胸部
如果將來有女兒
我會跟她說別擔心

到了時候上帝就會
把煎餅翻轉

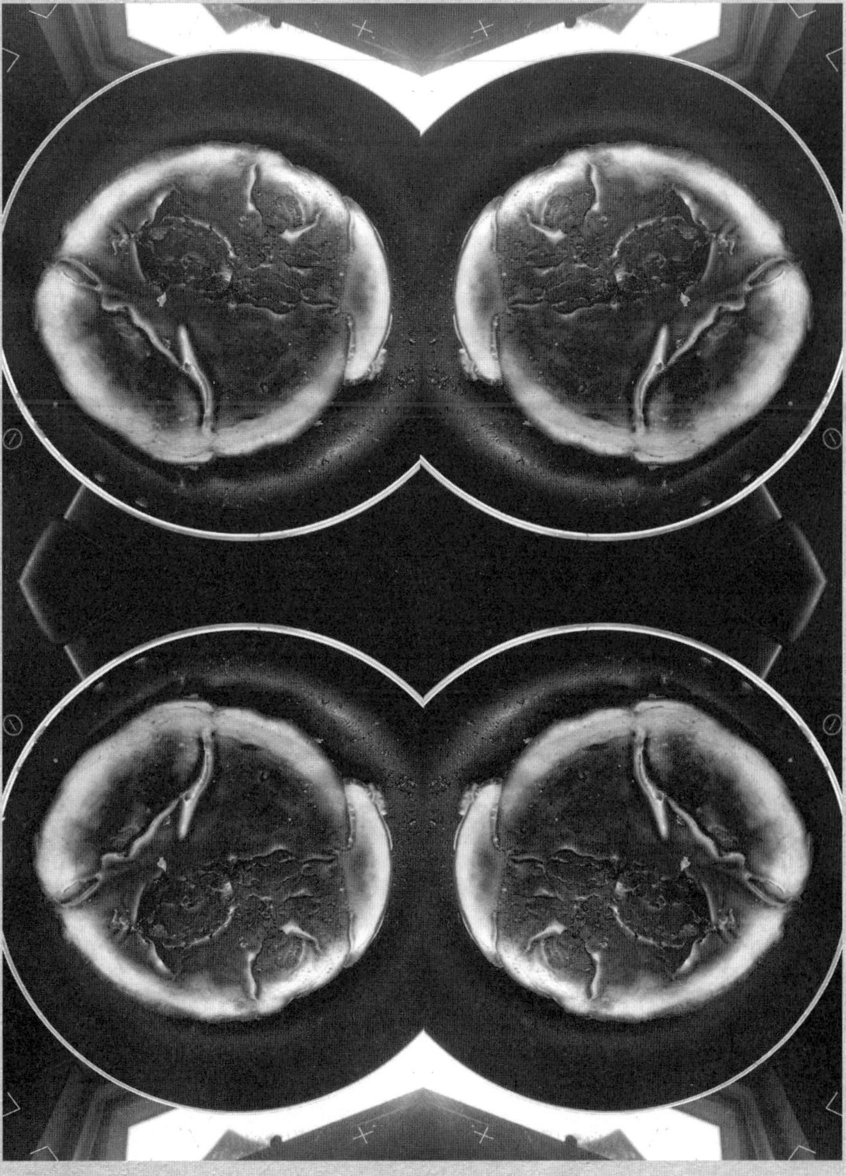

我的枕頭下有一顆心臟
兩腿之間有一團貓
手心有兩個太陽
胸口有數不清的繭
背後沒有翅膀但
有十二個拔罐留下的
圈

——數綿羊

當寫不出隻言片語
我不深呼吸我深蹲
一年之後
我要不擁有一堆動人的詩句
要不擁有一個堅硬的屁股

如果他要你吞下
他的傲慢，溫柔地
接受，像一個女人般
抬頭，親吻他然後
把他的驕傲
灌進他的咽喉

武夫親吻我的唇，大喊：

SHIT！

武夫掀起我的上衣，大喊：

SHIT！

他用嘴吸吮我的乳頭，大喊：

SHIT！

他的手急不及待往更深處進發，不忘大喊：

SHIT！

我要進來了，武夫說，然後：

SHIT！SHIT！SHIT！SHIT！SHIT！！！！！！

文人親吻我的唇，輕道：

Honey and milk are under your tongue.

文人掀起我的上衣，讚嘆：

A lovely deer, a graceful doe!

他用嘴吸吮我的乳頭，低吟：

Let your fountain be blessed.

他的手急不及待往更深處進發，喃喃：

You are my river, my deep blue sea……

文人沒有進來，因為
他已經軟了。

他很大
當他在旁
他走遠
就變小

我認識一個男人他喜歡
舔我腋下，我不知道
為甚麼
他叫我不要動我就
不動
有點癢，跟性快感
無關但意義
我猜是
降服——我還是他？
和接納——完全地
可是一個月後他就消失了
另一個月過去
我忽發奇想
把手舉向天花，偏著頭
筋肌拉扯，舌頭伸長至
疼痛，出乎意料沒有想像中
難——等等
我沒叫你跟著做

——溫馨提示

我要尿尿
膀胱說
我們要垂下來
眼皮說
地板冷死了
腳掌說
我們僵硬了
乳頭說
我才是最被忽略的
脖子說
靈感來了
腦袋說
我去把他們的罪行寫下來
手說
哎！
他們齊聲嚷道
明早再算吧！

## 如果我們沒有性慾

如果我們沒有性慾
你會愛我的腸
多過我的唇

如果我們沒有性慾
我會跟你暢所欲言
享受日光的洗禮和祝福

如果我們沒有性慾
我會跟你走遍世界
採摘新鮮的磨菇
拍下不用隱藏的照片

如果我們沒有性慾
我不會問你想不想吻我
你不會問我要不要遊車河

如果我們沒有性慾

我不會討厭你穿襪子的表情
你不會私訊我
是否有了身己

如果我們沒有性慾
你會不會多看我一眼

如果我們沒有性慾
根本沒有你
也沒有我

冇手尾的人
把百子千孫遺留在
我的水龍頭上

他們沉澱，成為
粉末，塞進
小盒子裡，從此
不見天日

註：冇手尾，指做事丟三落四。

## 老年 Cyberpunk

為眼珠放入膠片已不管用
我把玻璃架在鼻樑上
耳背的接收器叉足了電
口裡套上流動複合樹脂
生活仍是一個戰場——
更慘烈或漸趨溫和
我的夥伴和敵人也在頭上築了巢
但他的小道具已不再需要
包裝——他要待上半小時
我也要記錄用餐時間
慎防胃酸倒流和
骨折——我們的肉體衰殘
但神是我們心裡的
力量，阿門

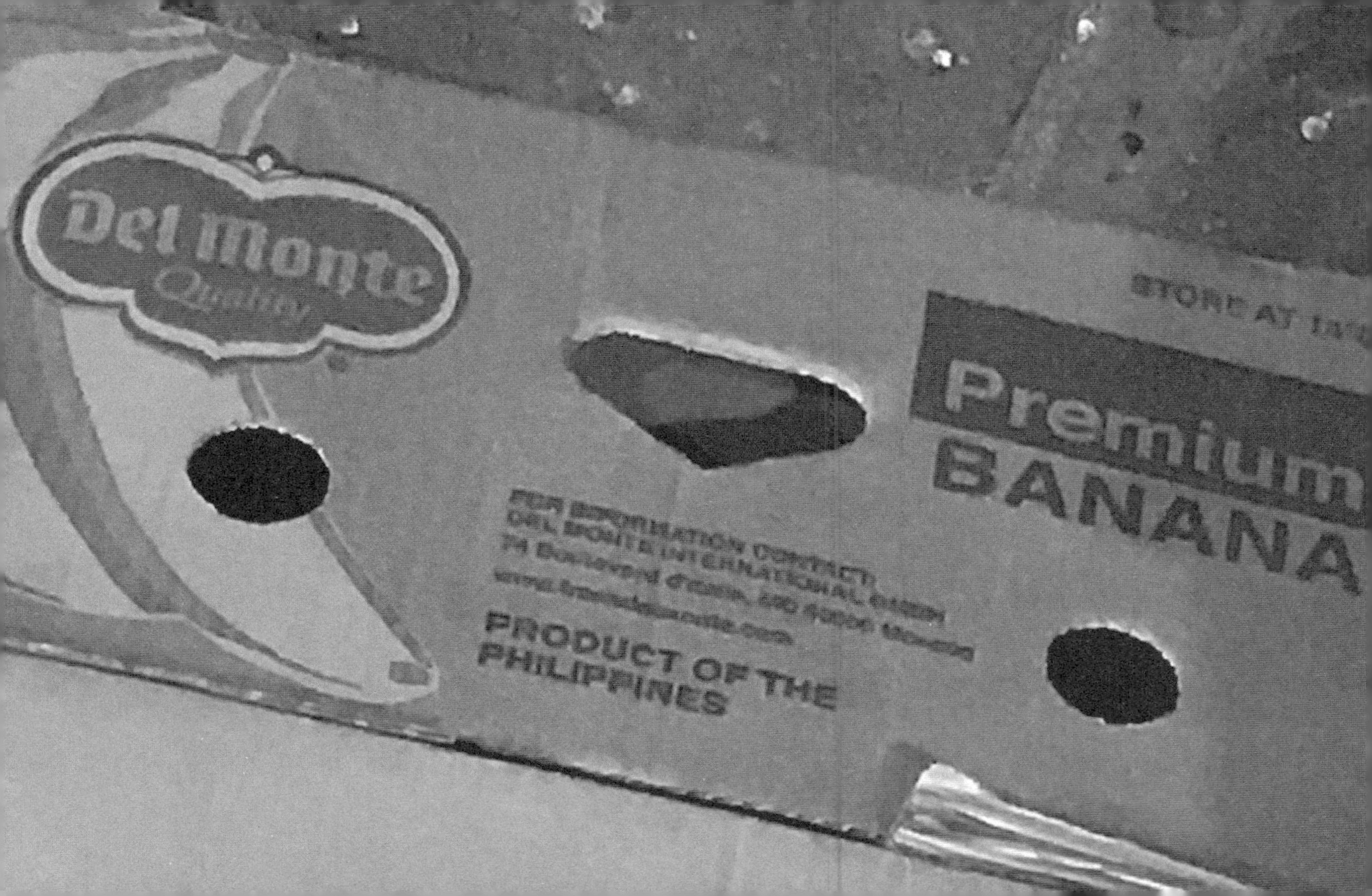
Del Monte
Premium
BANANA
PRODUCT OF THE
PHILIPPINES

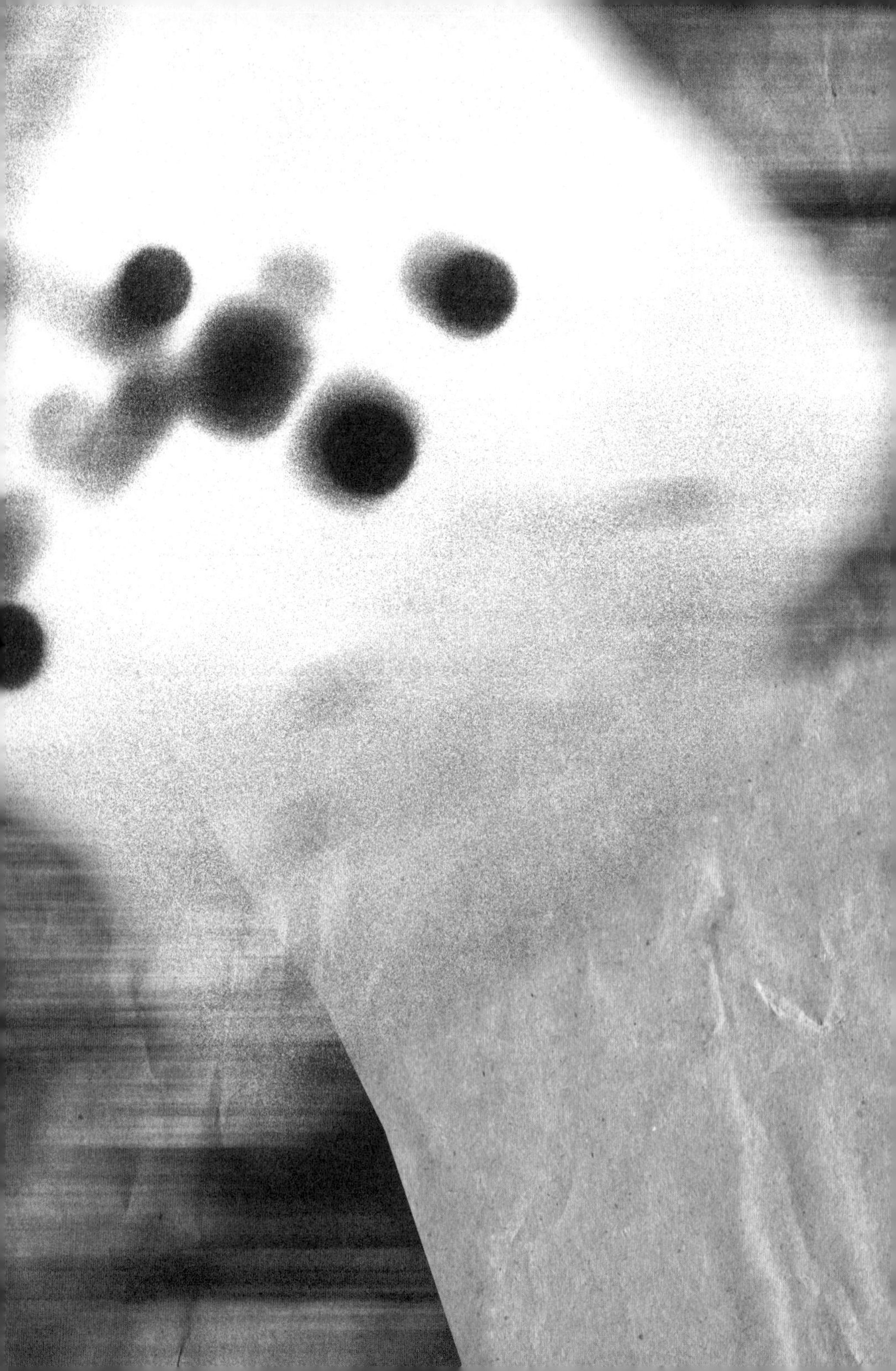

# 索取、給予
# 和摧毀

你仍是一個打電話來就害我搞錯列車方向的男人

——魅力指數：三個站

有些人不喜歡我
但我喜歡我
如果我是他們
肯定也會喜歡我

你是我自戀的延伸
猶如備受咀咒的血統發現它的至親
又像同謀作惡的細胞追逐它的主人

我窺探的是我的命運
我撫摸的是我的不幸
我讓苦難長驅直入
與我的悲劇同行

我喜歡的不是你
只是你比較像我

僅此而已

我不要知識
我要用清醒的頭腦
換一個溫馨的擁抱

我不要波波
那堆脂肪暖不著
底下的心

我還是想留點金錢
我不知道反正
好像留著點比較好

我不要面子
我要大吼大叫直至
身體不再痛楚

我不哭
為了呼吸必須
停止哭泣

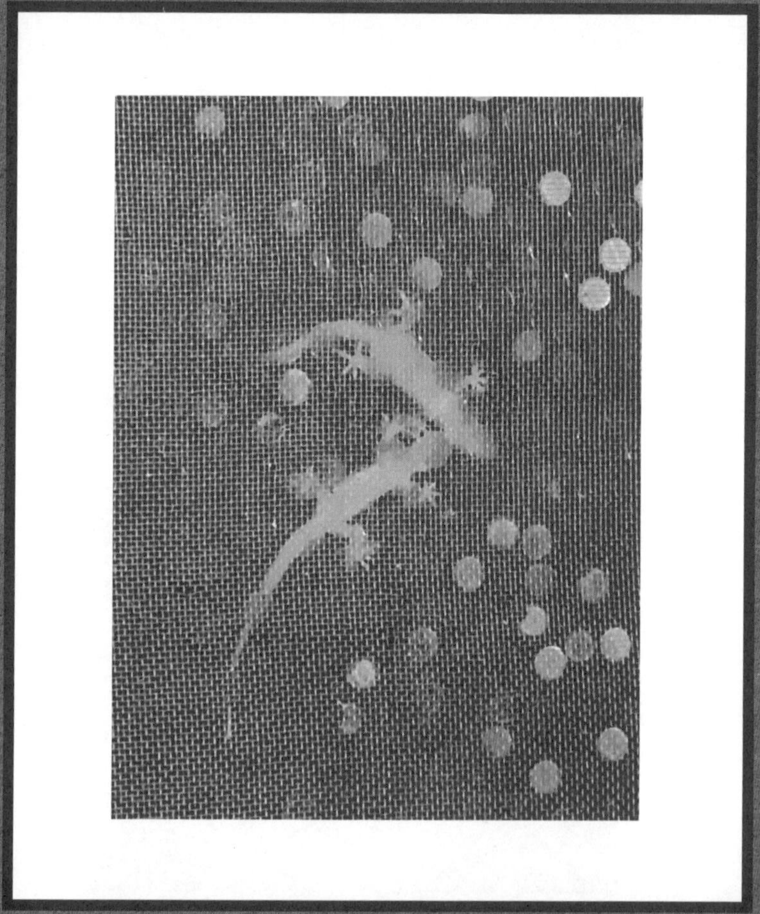

相信我
沒有靈魂伴侶這回事
真的
你叫他去洗碗
如果他立刻去洗
就已是你的靈魂伴侶

我喜歡他
我喜歡他身上的味道
我也喜歡他的太太
我喜歡她身上的味道
他們用同一塊肥皂
我喜歡那塊肥皂的味道
我喜歡那塊肥皂

## 感情醫生

速配中介把我拒諸門外
因為詩人並非一門專業
於是我印製了十張咭片（就在我印製詩集的地方）
上面寫著：感情醫生

很快他們就為我送來一個五官端正的對象
在一次愉快的郊遊後他急不及待
告訴我：他已經結了婚

起初我以為是他老婆動了手術的緣故
後來他又推卸是藥物的問題
然後他再推說是興致的缺乏
最後他說他實在害怕自己會
沒有反應。好一對
樂樂盈盈！我的處方是：

私處的照片——怎麼！

他大吃一驚。色調方面……
你喜歡嗎？喜歡。他說。感覺
他身體已經逐漸痊癒。謝謝你……
我把相片拉闊。欣賞我寶貝
山羊屁股特寫♥

反應過度或毫無反應
皆屬正常現象
我的病人被貫注
滿滿的想像力後
沒有再回來
覆診

註：樂樂和盈盈是一對在香港海洋公園居住的大熊貓。自2011年起院方以各種方法包括播放動物交配片段鼓勵牠們交配，但多年來皆不果，樂樂和盈盈僅於2019年自然交配一次。

## 進入我的新居

你說要進入我的新居
那就別兩手空空而來
我會為你準備一個杯子
請你也買一棵仙人掌
點綴門前的沙漠

進門時我給你一雙大碼的拖鞋
免得你踏在貓砂上
小傢伙們早已逃之夭夭
請別失望，畢竟我不是邀請你來看貓

正常的情況是在沙發坐下，開始
Netflix 的戲碼，但這裡沒有寬頻
所以麻煩你站起來，檢查崩潰的
天線和漏水的濾水器還有馬桶水箱
你會在去水口第一次接觸
我茂密的毛髮，啊，請專心尋找
並殲滅蜈蚣的巢穴

一切順利的話，貓咪會不情願似的
靠近，悄悄探索你的身軀
你會像狗看到球那樣失去理智
接受我交託的任務：剪指甲

如果你還生存我會邀你
到床上，在你懷裡
媚媚道出上一個訪客
褲子被丟出窗外的故事

註：廣東話中「新居」和「身軀」的讀音相近。

甜品還未上他就
站起來，有條不紊地
解開皮帶，露出
紅黑的邊緣
你在幹嗎？我說
好冷。他說
我要把內衣塞進褲裡
這是 YouTube 教的
保暖技巧

——柯德莉夏萍：Everything I learned, I learned from the movies
(and he learned from YouTube.)

這年頭人們不消失
他們下沉，像一個又一個貨櫃
下沉。當陌生人邀我喝一杯
當別人的丈夫跟我道晚安，另一人便
下沉。然後我也下沉
在你的小海洋裡
先是掠過被光線穿透的啫喱魚，紅色
是第一個消失的波長
我們的熱情披上黑色的喪服
氧氣漸少，溫度漸冷
代謝緩慢的靜態生物吃著
淺灘落下來的殘渣
一個平坦的荒原
海葵、珊瑚、管蟲和
名字被遺忘的生物
超過亞馬遜雨林和大堡礁生命的總和……
how are you
輕輕的問候
我們又回到水平
線上

so far so good
你的頭像
是一個冒出的
小太陽

姦夫的名字叫柏拉圖
柏拉圖是姦夫的代號
我們用電波互相
撫摸，隻字不提
生活的苦惱——
金錢、榮譽、衰老和倒生的
陰毛，我們有各自的洞
那些洞留給伴侶
那些洞不開放給姦夫——
太可怕了！他會踮起腳，扁起嘴：
我已經不再拍恐怖片了！
我會咬他的肥屁股
一腳踹他下去，讓他
永
不
超
生——
事實是
我和姦夫之間沒有太多情節

他小心翼翼
阻止所有情節發生

他是一齣買了票卻沒去看的
恐怖片

回家後打給我，他們說
但我不告訴任何人
我忘了回覆 T
他也忘了等待我的回覆
我晚了回覆 O
我在訓練他想念我好改掉
打飛機的習慣
我沒有回覆 P
你在哪
他報警可是警察不願來
你在哪
他沿跳宕的路找我
路上發現熊的屍體
你在哪
他哭了
不要嚇我
他摔了一跤
血模糊了他的眼
蚊子叮他的臉
蛇纏繞他的足

他匍匐前進
倚仗光線爬上陽台
我終於找到你了
一個難民拍打著玻璃
我放下 Skippy 雪糕三文治
視線從 Netflix 移開
發出褒姒的笑
哈哈哈哈哈哈哈——
沒有啦
我跟他們一樣
隨口說說而已

## 善心人

埋葬了一隻蝴蝶
下輩子她大概會為我的負心
死去活來的哭一場
想到這裡
就把她掘出來
放回路邊

人生是一座精神病院
一個男友就是
一間病房
所以
最好還有冷氣的

使你痛苦
我很榮幸
你的哀號是
我的盛宴
抖落你身上冷漠的沙塵
我讓你成為
全身都是 G 點的男人

男孩送我一枝玫瑰
他也送玫瑰給其他人，我知道
但我裝作不知道，我告訴老男人
——他又會嘲笑我，使我心花
怒放
我是他唯一嘲笑的玫瑰

你從不了解美麗
或是漂亮
你歌頌的
叫相似

你當然也分不清
喜歡和愛
快樂和可口

而我
我甚至不知道
應該把蜈蚣
丟在垃圾箱還是
沖進馬桶裡
前者會招惹更多的螞蟻
後者會不動聲息的回魂
在我想著你的時候
咬我的會陰

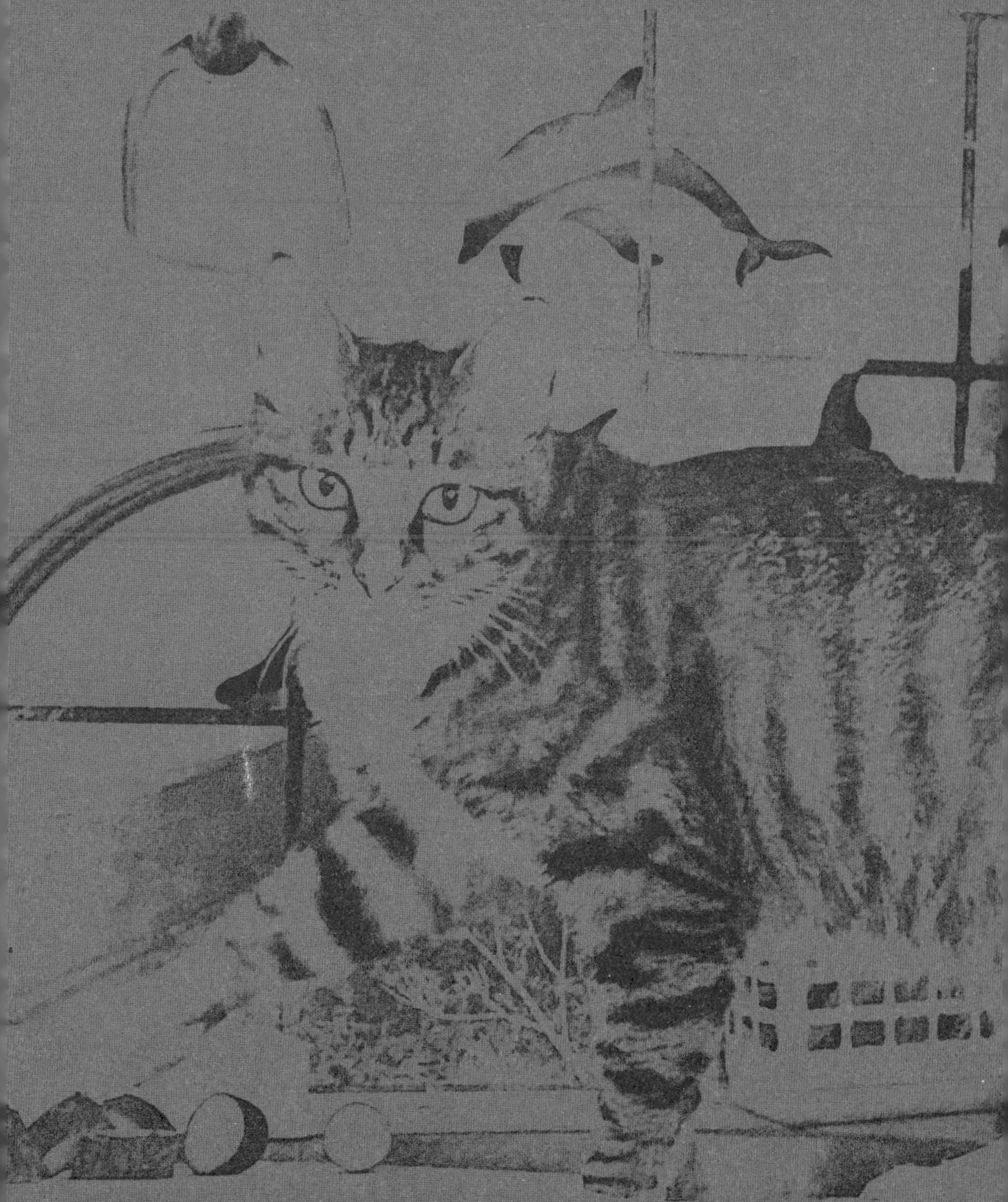

他們繞著石頭滑動
在雜草叢生之處
像一隊男子組合
裝模作樣地歌唱

他們的舞步濺起花朵
讓你忘了生活的重擔
但你不跳進去
你不想遇溺你怕
尖硬的石頭

每當你從夢裡醒來
嶄新的溪流
在日光下閃耀
他們對你耳語
使你分不清
今天和昨日

有時你想念離去的人

有時他們好像回來了
但從來沒有河
只有記憶和一堆
面孔

曾經
世界驟然為我敞開
一切新鮮和美好
只是我不察覺直至
囚禁在這漆黑的牢籠
我以為這是一個玩笑
一個片刻的玩笑
唉——唉
可笑的是
玩笑如此漫長
我等待你的撫摸
別無他求
我艱辛地轉身
在這狹隘的惡臭之中
跟他們一樣，卑微地期盼
劊子手的擁抱

螞蟻跟我說
放棄被了解的
願望，就能消滅
寂寞，他是對的
所以我掐死他
但他無聲溜入族群中
再也分不清
誰是誰

## 跟一個島嶼道別

跟寬闊的海灣道別
跟溫熱的軟土道別
跟隆起的小山丘道別
跟別具風味的狹縫道別
跟繁茂交錯的柳蔭道別
跟緊緻飽滿的果實道別
跟往碼頭延綿的長堤道別
跟拋向空中又驟然落下的白沫道別

用白開水沖蜜糖
去個小便回來
杯裡飄浮著一隻蜜蜂

勤勞的下場
我說

牠一定是感覺置身天國
高興得心臟病發
他說

後來呢
我們分開了

——一蜂一世界

我想他
打給
我
很
想
很
想
好讓我
可以
朝他
大
吼
不要再打給我

——你不想他你只想發爛渣

親愛的芝士薯波波
我不能向誰要求得到你
你在餐牌上沒有一個名字
你隱藏在高傲的三文魚和粗野的
意大利粉之中
顯得那麼寂寞
因為你是僅有的一顆
芝士薯波波

我是社長
你是社員
青蛙是康樂
蠑螈是財務
貓是經理
蛋糕是手段
輸掉牌局也是手段
藍莓都給你扒光了
但碗筷是你洗的
照片你給我修成
你喜歡的女性，那不是我，然後
手是黏黏的
馬路是延綿的舌頭
山路彎彎又涼快
灰色是你的外套你的褲子你的內褲
上衣沒脫因為你有肥仔波
枕頭是你頭油的味道

移民是再三的討論
沖繩是個提議
夏威夷是副選
工作是重要的
你寫你專業的歌
我是可愛的
我是可怕的
我唱我走調的歌
工作是亂七八糟
夏威夷生產博士
沖繩住著島袋寛子
移民仍是猶豫不決的夢
枕頭是替代品
上衣始終沒脫肥仔波是一生的謎
灰色是庸俗又貼切的形容
山路被盛夏的長草覆蓋
馬路是死亡的陷阱

手是顫抖的
你理想的女性，永遠不是我，所以
照片還是自己修比較漂亮
碗筷我自己洗
藍莓我自己吃
牌局封了塵
蛋糕沒有再做
貓是豆豆
蠑螈是蠑螈
青蛙是青蛙
你是你
我是我

——符號學

BLUE
ICE
Sodium
13mg

San Miguel
PALE PILSEN

歡迎進入華麗的
風暴
你當然沒有被邀請
我只是剛巧亂刮
刮去你的眼睛
刮去你的電話號碼
刮去你的睡眠時間
刮去你的身家
刮去你的尊嚴
刮去你的手腳你的毛髮還有你的
愛，如果有
然後你赤條條的進入
我的風眼，從此
你哪裡都不准去
在至聖所裡
我是你的守護神

ANGRY
GREEN FOOD

## 處女的快樂

冷氣師傅來之前
她花三小時清潔家居
冷氣師傅來之後
她花三小時清潔家居
但她沒讓男寵來——
那得花上十小時
想起就累
後來他不來了
他們鬧翻了
當晚她快快樂樂的
換了床單
吸了塵
拖了地
抹了窗
用漂白水和牙刷刷白

浴室的角落
甚至連毛髮也終於刮得
乾乾淨淨

我懷念上一代的男人
他們到蘭桂坊喝混合濁酒
跟一個活生生的女子
交媾，然後
生下小孩
這一代的男人用指尖
滑著滑著直至
遇上一個背向夕陽的
長髮對象說要喝光他的
瓊漿玉液，他才急急腳買一支紅酒
打開門，發現對方
也是男人

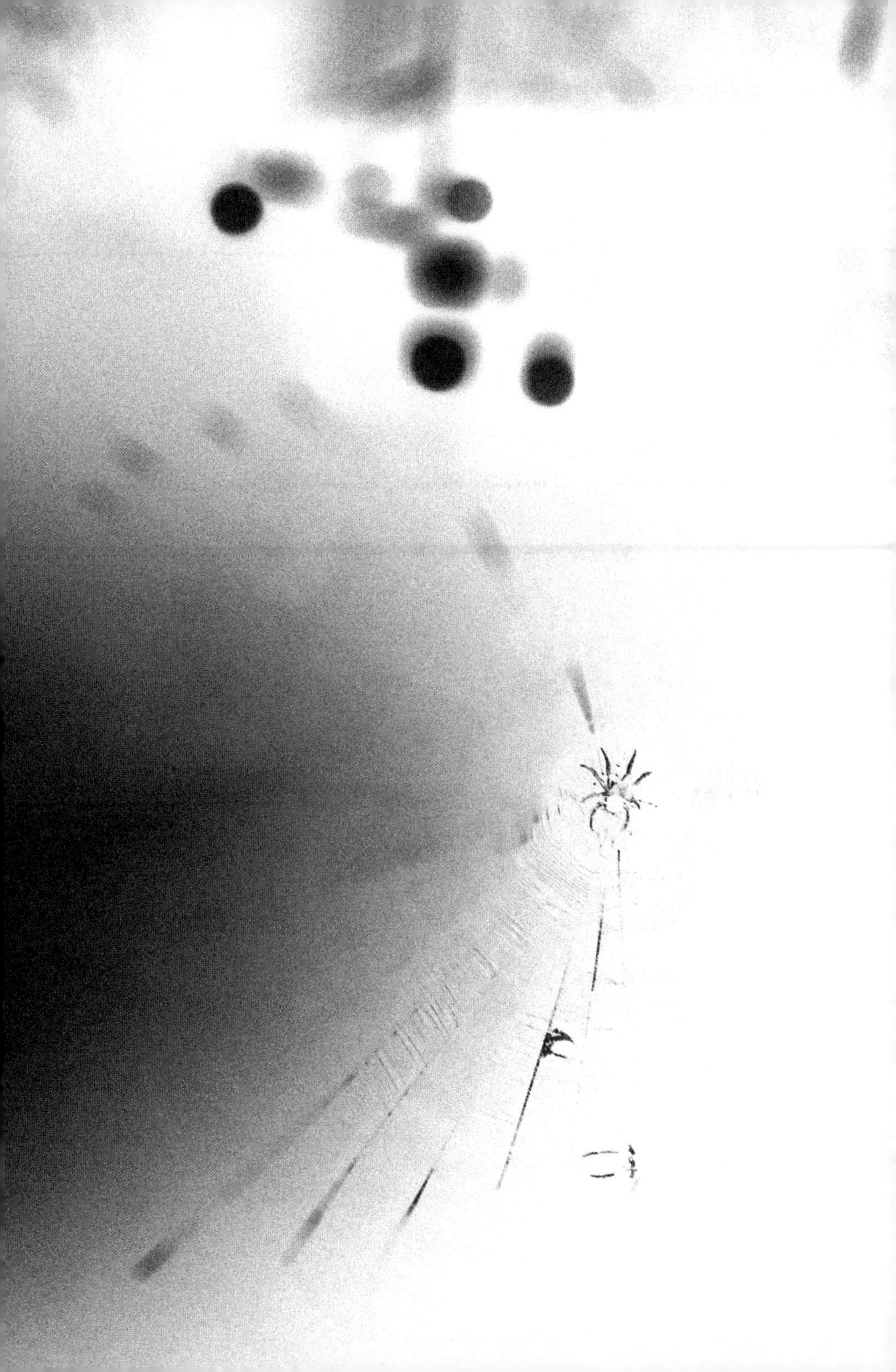

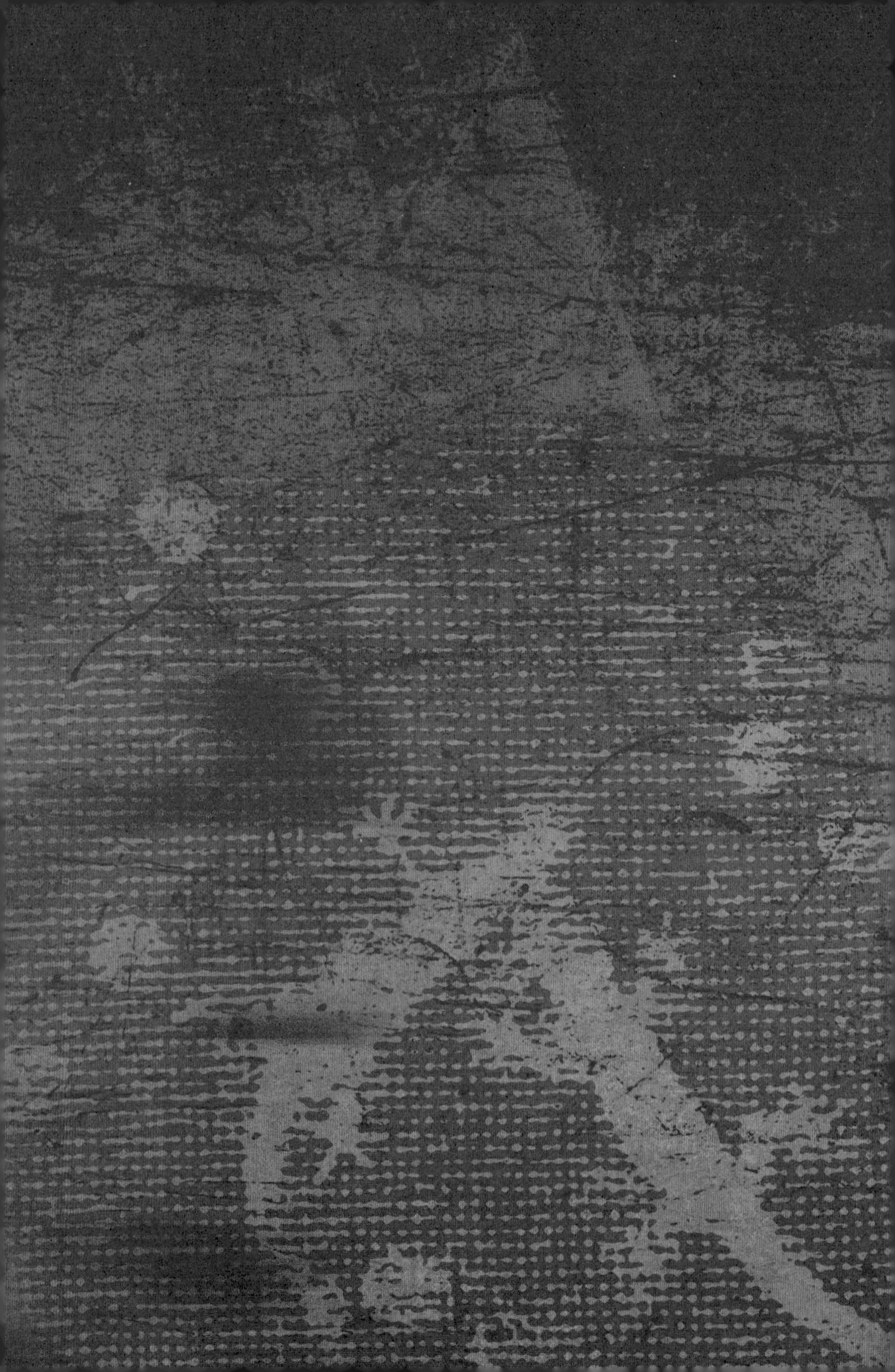

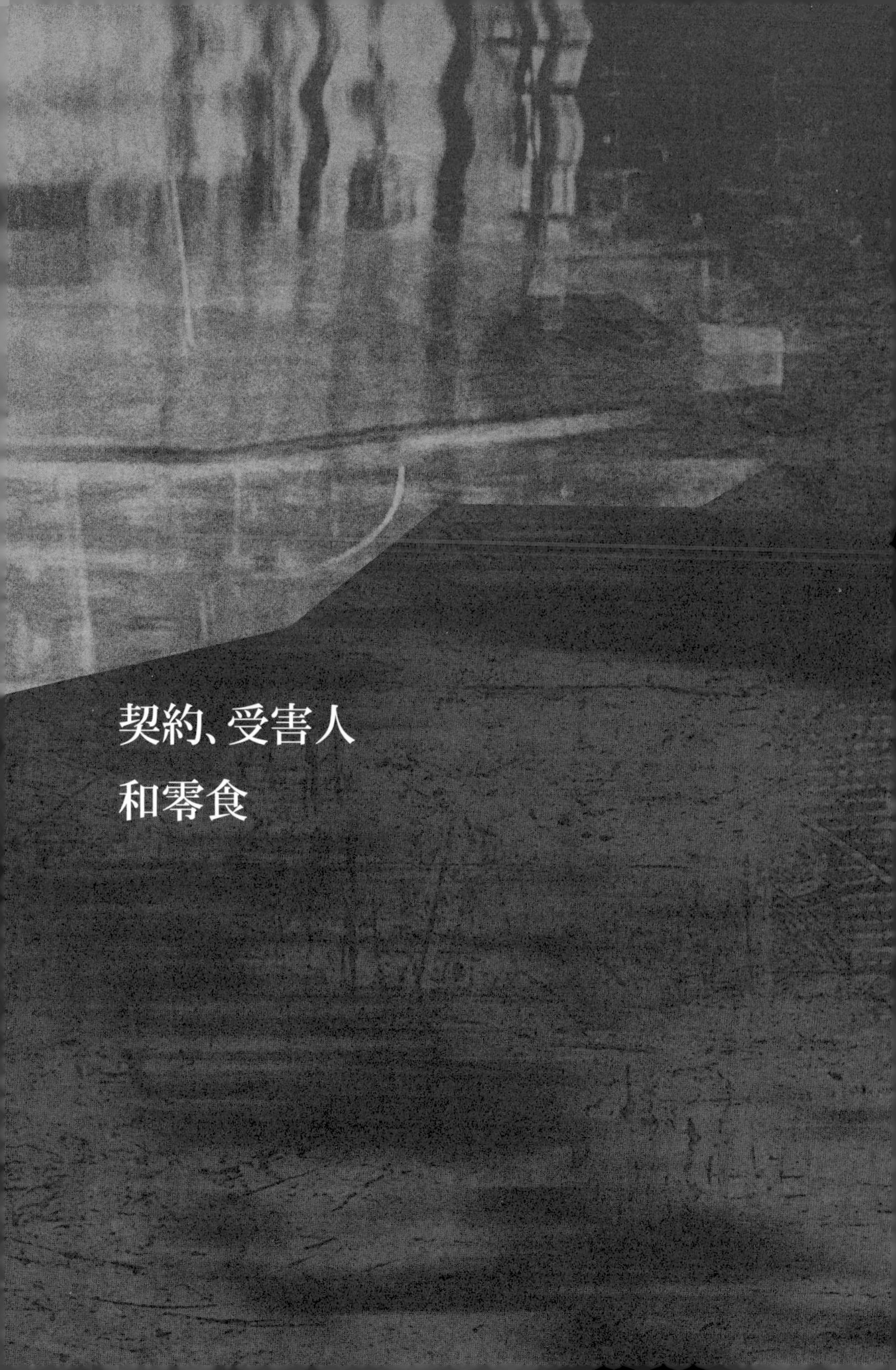

# 契約、受害人和零食

## 靚女詩

他們常叫我靚女

　　靚女買棵菜吖
手段
點呀靚女
抽水
靚女我幫你搬啦
不懷好意
你咁靚女我都唔敢望你啦
虛偽
我鍾意你因為你靚女
膚淺
你喊就唔靚女啦
父權式操控
你以為靚女大晒呀
老屈
你咁靚女我點會望第二個
偷換概念

你咁靚女好快有第二個啦
拍拍籮柚走佬去，賤格

## 女性專用

我曾致力創造
一種新的語言

當你說屌你
臭閪、臭雞和
屌你老母

我說剪你
臭撚、臭鴨和
切你老豆

像墮胎不叫墮胎
叫人流
像提升改善改良改進
劣化成優化
像一口煙輕描淡寫的
融入空氣

在某個日子
當一個年輕女子走在街上
當一個陌生男子忽然湊近
向她耳語
大波妹
她會說點啊
細撚佬

## 啟蒙老師

當媽交了學費
胡老師就會說我是天才
如果第三週還沒繳
胡老師就會說我像世人一樣
沒出息，但他會請我吃多士
（同時抱怨花生醬塗太多……）

胡老師認為
女孩子要多看男人的身體
男孩子也要多看女人的身體
但不論女孩子還是男孩子都喜歡
畫女人的身體，所以他請了 Simon 來
（後來我第一個男朋友也叫 Simon ～）

起初沒人笑
當前排紫襪子的男生開始
交頭接耳，我就忍不住
哈哈哈哈哈哈哈哈哈哈哈

Simon 的黏液墜落
胡老師解釋一切正常
（其實我只想紫襪子回頭跟我說話……）

胡老師也有一個老師
一個畫壁畫的女人
夜半心血來潮就爬上梯子
披著睡裙工作，在她兩腿之間
經過的夜歸人都取笑她
（「男友知道後就把婚事取消了！」）

胡老師說我跟她是一路人
正如他常誣蔑我
沒把餐刀上的花生醬洗乾淨
故事九成是他瞎編的
不知道是貶抑
（還是讚美？）

你滿口名人雋語
衣服繡著別人的大名
跑過哥爾夫，打過馬拉松
82 年的光影在杯裡盤旋
折射著兩粒露出的 lin 頭
Oh baby
你可以經營
一門生意
一段關係
一間妓院
甚至
一座恐怖墳場
但是拜託別經營
你自己

——你使我性慾全失

我想扭計
扭
扭
扭
扭
扭
扭
扭完

——時間關係

門外又來一個食客
一隻有頸圈的狼狗

我開始一句話說三遍
認識一個人也是這樣
一個六十歲的農夫

坐小巴往醫院陪媽
覆診，希望她已接受
特朗普落選的事實

我寫了半首詩——八句
在單據上，隨手丟了

眼藥水也丟了，但在火車上
看看新聞，眼睛就濕潤了

## 文章被下架之後

我坐在電腦屏幕前考量應該砍掉自己
的手指還是腳趾還是
換上一個新的面罩
粉紅色的藍色的黃色的
不為掩飾懦弱只為投射一點
煙花，來嚇跑豺狼
或是不穿褲子的熊
他們什麼也不是——
從恐懼中滋生的黴菌
蜂擁而至，倚仗潮濕的表面
蔓延，所以請你
抹去鼻涕和眼淚
所以請你
保持乾爽

他們曾勸我別張口
戀人和朋友們
怎能張得這麼大，還有你的鼻孔
現在我才知道
當小巴前座的俊臉轉過來
小鹿般明澄的雙眸
好奇、錯愕、震撼
投向無垠的黑洞
一切已經太遲
代價高昂但
我感覺精神多了

——快樂的呵欠

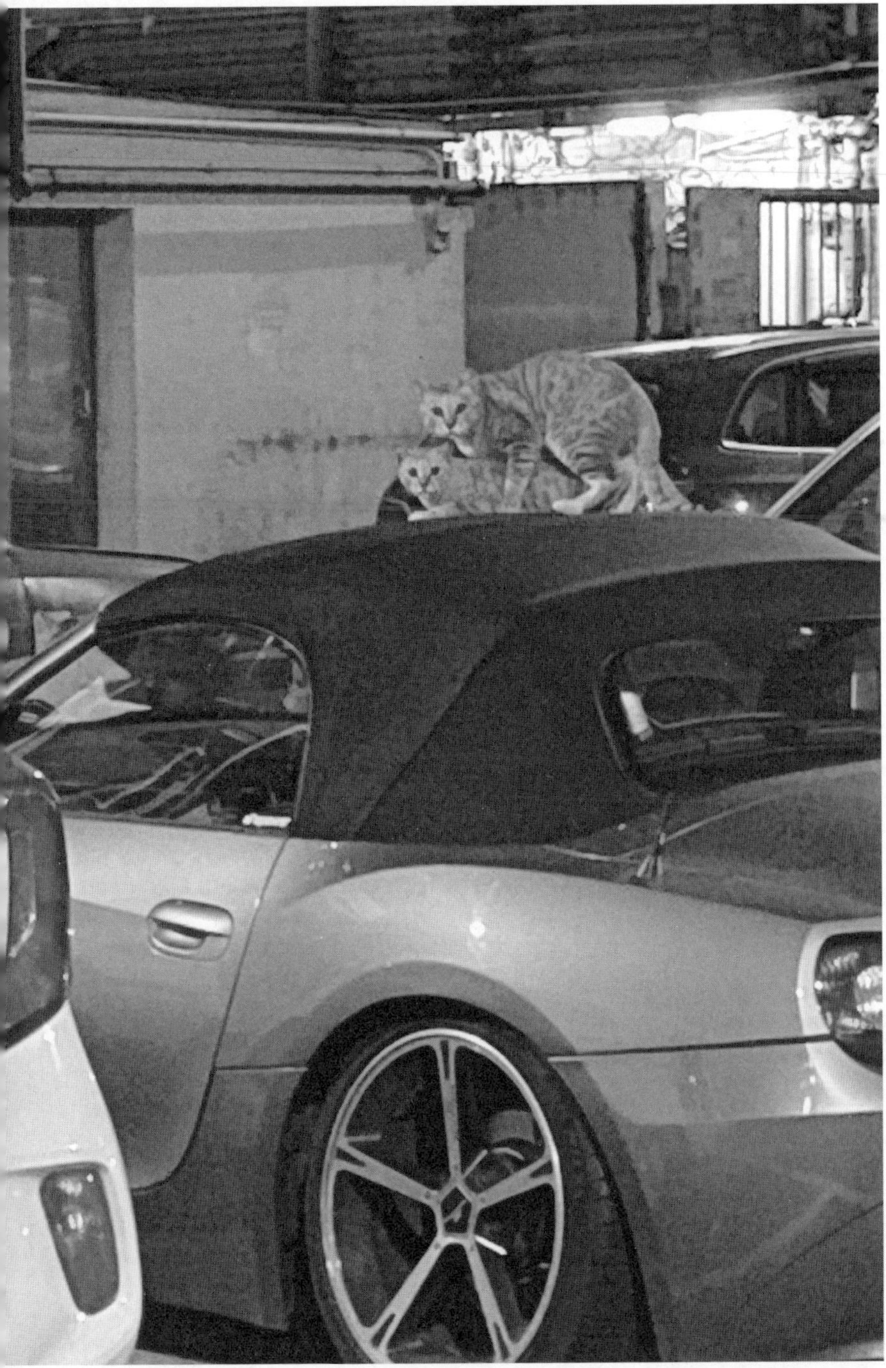

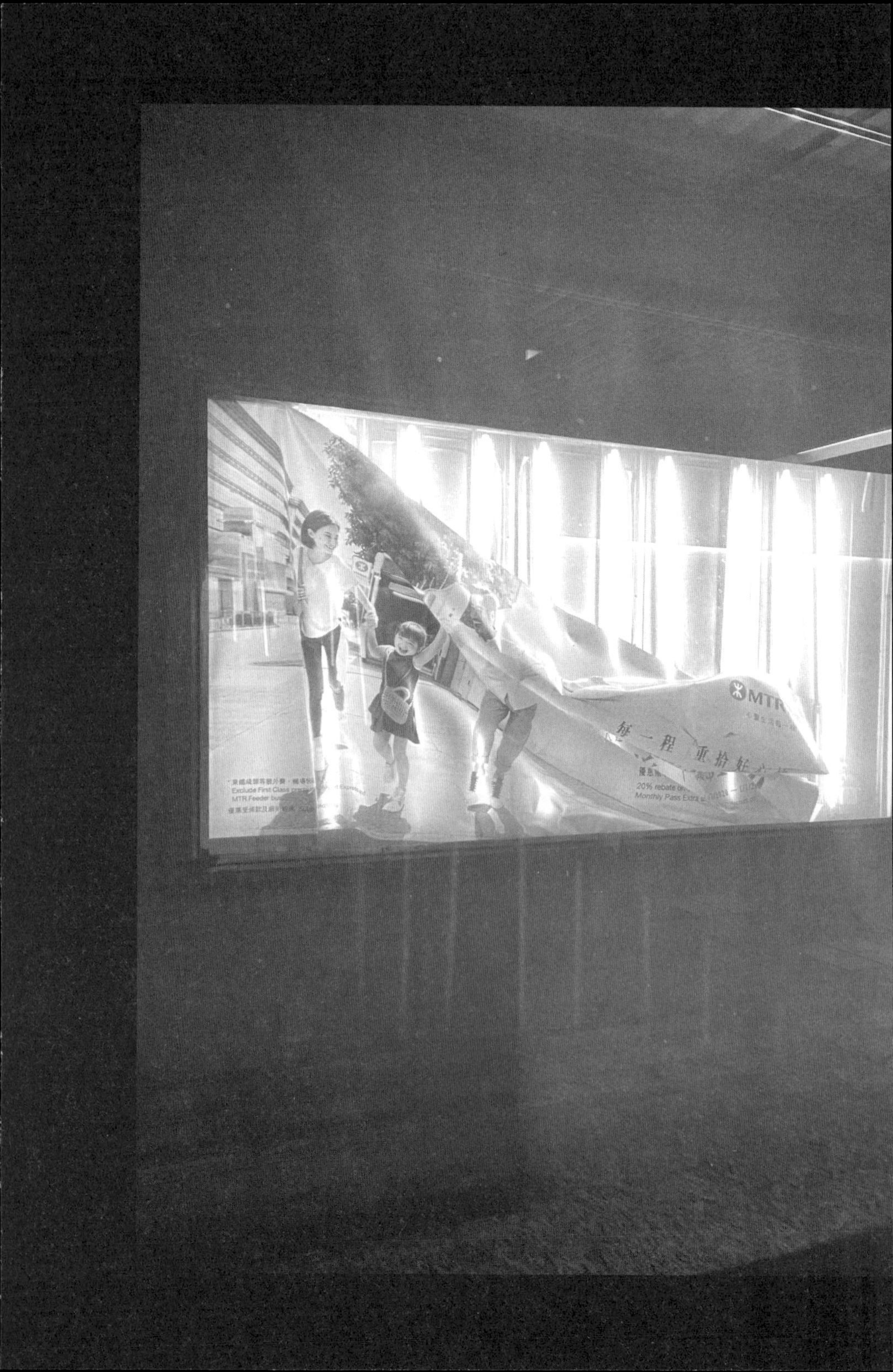
MTR
每一程

我走過的時候人們靜了
年輕的我討厭這樣
深感不安但
現在的我珍惜它
深感不安因為
有一天我將會失去然後
深感不安

一個女人
讓座給
一個女人
她一臉錯愕，彷彿
受了羞辱
她的姊妹陶醉不已
享受自製的
青春

——一架駛向終點的巴士上

V狂妄自大　X膽小怯懦
V無法無天　X畏首畏尾
V口不擇言　X思前想後
V一針見血　X文過飾非
V自以為是　X自慚形穢
V燃燒殆盡　X尋求慰藉

——致詩人們

一個女孩向我說謊
在我跟她說過好些謊之後
（我要工作不能留下來玩 lego）
（我飽了吃不下糯米滋）
（你的畫真漂亮）
總該輪到她了

她什麼時候學會這個？
她怎麼學會？盛大又
突如其來的入學禮
未及記錄和記念

我可是什麼時候都睜著眼，例如
初吻——粉紅色組織
章魚　蛇　蝸牛　蠑螈
噫！

即使是昏倒——二十五歲的時候
跟電影吹噓的不一樣
華麗的正正式式的

昏倒——切斷電源
靈魂被關進黑盒子裡
我登上無人的新大陸直至
被壓著的男人發出慘叫……

我大概會死亡
繼說謊、接吻和昏倒
就像女孩有天會穿胸罩
魔鬼教練還會隨心加插
婚宴、笨豬跳、破產、中彩票
陰毛變白和中風等情節
當那一刻來臨
一輛車或是
一個人，更大可能是慢慢的
蒸發掉……即使被拔去電源
我還是會睜開靈魂的眼睛：
呀～
原來是這樣～！

## 不薄

同學家裡有個標準泳池
夏天注滿水
冬天把水放掉
我家的水池也通過安全標準
夏天派不上用場
冬天想浸浴時就吹氣

同學家裡有四個傭人
一個打掃，一個煮食
一個打理晨曦，一個經營夕暮
我家裡沒有傭人
連洗衣機也沒有
衫褲裙外套送往洗衣店
胸圍內褲自己來

同學家裡有堆神秘的貓
住在玻璃貓房裡
砂盤比我的客廳寬

我家的貓同樣擅長
避過客人的目光
歸功於我的雜物

去年蜈蚣鑽進同學的被窩
趁她熟睡時
把她的腳趾頭咬至紫黑
今年蜈蚣闖入我的儲物角
優哉悠哉地散步然後
不知所縱

我的同學對我很好
我待她也不薄

喜歡無所謂的感覺
那可以是我
也可以不是我
像一個冷漠的途人
我旁觀
我受苦

FR

超聲刀射頻無針埋線炭粉激光煥膚我都試過，最愛就是新客體驗，入門先喝杯花茶進小房間填問卷，單身已婚年齡學歷職業統統都要知道，幽幽地不要笑告訴她我是行為藝術家——詳細解釋多少次脫光裸跑直至對方不想聽然後她說她的——新返咗部機好多客都鍾意我自己都有用呀好呀來吧！換個場地脫下襯衣胸圍只剩內褲裹進毛巾裡，悠揚音樂香味蒸氣毛孔擴張呀！好痛！呀！沒辦法你黑頭太多，呀！可否輕一點？哦！可以試試毛孔吸塵機，優惠期只六百八十八——哦！其實還好，呀！真的假的？可是不要怪我率直你這裡開始鬆弛，那裡有點凹陷—如果我怪你呢深受打擊要睡一下——呼——

呼——甚麼都聽不到，呼——呼——呼——朦朧中

計算精神折磨和美麗肉體的等價交換化不化算，呼——

呼——呼——哇！地震嗎一隻老虎狗在吞噬我的肚皮

這是我們的甩脂機，跟你有緣讓你免費試做，男友

看見你練出馬甲線一定非常歡喜，不會會會會，那會

讓他他非常自卑卑卑卑，請別別別破壞壞壞我們關係

係係，可是你會去海灘吧你會上傳照片吧不想耀武揚威

嗎？不以物喜喜喜，不以己悲悲悲悲——我還是比較

喜歡做做做運動動動，工作很忙呀都沒時間啦躺在機器

上就能得到幸福啦！可是我我我覺得自己像個齒輪輪輪，體現了馬馬馬克思說的異化化化化化化化化化化——

她放棄了。

## 小聲音

我關上窗阻隔
那些歌
那些口號
那些碰撞
那些啼哭
我的貓呻吟著我給牠
一大匙魚
該夠牠安靜了
我躺下，閉上眼
鐵扇喋喋不休發出
老煙槍的嗟嘆
我關掉它開冷氣
小蒲公英在涼風中
翻開肚皮伸展四肢
那股氣流卻把我捲進
深海，我跳

起來拍上按鈕
統統關了
謝天謝地
一陣耳鳴然後
該死的
是我的心
在跳

## 天橋

用指尖劃過鐵絲網已不再浪漫
我們從方形小格中
看馬路、軌道
天空和
未來

他不喜歡 E 級的女人
想試一下但
走在街上很尷尬
他說
但他常跟媽媽一起
走在街上既不雀躍
也不尷尬

## 面試

一頭撞在一塵不染的玻璃上
留下一堆意志堅定的面油

如果我是上司
我會告訴年輕女孩
不要忍受使你難受的人
充實你自己
用法律和最大的理性
反擊
忘掉你的蠢男友
不要在工作時哭哭啼啼
掙多點錢做美容和
供養你的父母
不要聽從任何人
沒有人為你著想
如果我是上司
當一個英俊男人混在一堆女應徵者中間
我會毫不猶疑
聘請他☺

沒有警報
或是擴音器之類
但我知道　它又無聲地
墮進了那死寂的海
那根細細的尖銳的卑鄙的針
來來回回　反反覆覆
撕裂　縫合　撕裂　縫合
遺下的只有一個個寂寞的洞
我該用什麼去填補
我該怎樣去阻止
那可預見的滿目瘡夷
頑固的石子
只能繼續下沉　下沉　下沉

當務之急是
找一片空曠的田野
掘開泥土
把謝曉陽放進去
蓋上

太多乳房
晃動的、不晃動的
太多責任
甜蜜的、不甜蜜的
太多短訊
刪除的、還沒被刪除的
太多敵人
真實的、虛構的
太多的士
載客的、不載客的
太多監視器
在看的、沒在看的
太多草木
羊吃的、羊不吃的
太多塑膠
可被分解的、不可被分解的
太多罪孽
可被寬恕的、不可被寬恕的
太多日子

寫詩的、不寫詩的
太多貓毛
豆豆的、手手的

註：豆豆和手手是詩人的貓

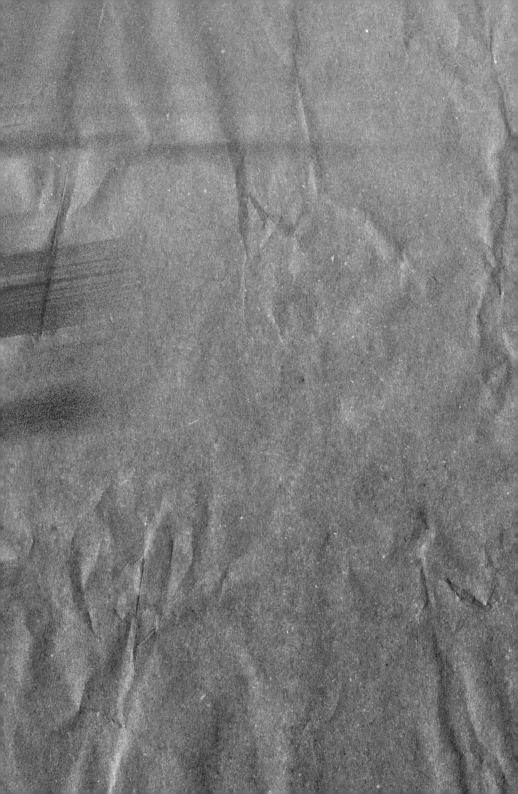

# 心跳、呼吸
# 和舔屁股

醒來是一張網羅
把我從天空捕獲
我坦然墮入
每天的陷阱
以貓的腳步尋找
具啟發性的悲劇

床是原始的木筏
枕頭是通往夢的舵
窗帷是幸福的極光
貓水手是冗員
腋窩是她偷懶的船艙
媽媽的吼叫是海嘯
懶人號沉沒了

清晨
你爬上我的山坡
密謀對付我

惡魔的指頭
不懷好意地
拂掠我的衣襟

黝黑發亮的軀體
我在你的俯視下
動彈不得
你把琥珀色的願望
傾注我心

駭人的甜蜜海洋
我在你的毛髮裡
沉淪
遇溺

死亡
但你用帶刺的舌頭安撫我
輕輕說
喵

## 所謂的詩意

對從不看書的人，寫作能做什麼？
對聽不見聲音的人，音樂能做什麼？
對鐵石心腸的人，愛又能如何？
但湖面還是泛起漣漪
燕子還是穿越亂石陣回巢
柴火在雪地熊熊的燃燒
霹靂霹靂的唱道：
他媽的，管它呢～

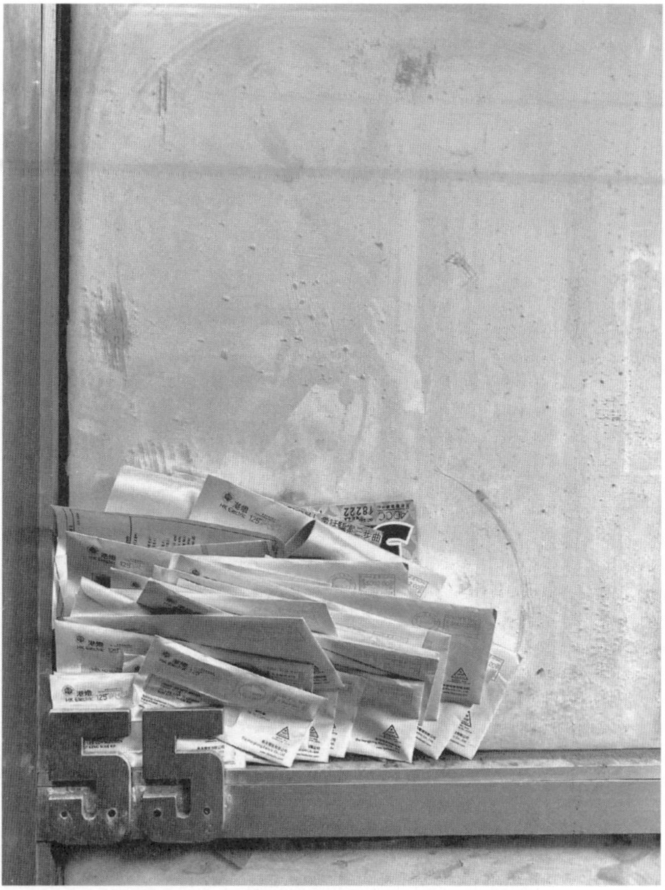
55

憂鬱是一道黏呼呼，韌力特強的油漆
又逐漸凝固
成牆——但對貓來說
小白襪腳踏踏便隨之瓦解
牠活在時間之外，比氧氣
和任何靈魂都輕，儘管吃下
多少肉泥條條！牠花上一整天
凝視
毫無根據地，不論你在牆角蜷曲哭泣
還是在被窩寂寞地打飛機，牠都
盯著，既不批判也不憐惜，直至你不得不
擁牠入懷——如果牠不反抗
磨蹭牠！磨蹭牠的額牠的肚皮牠的屁股
直至滿臉貓毛，直至
滿臉紅疹——醫生說夠了！
別再沉溺你的貓！
你照照鏡子
便懊悔——牠把你推向極致
以世間的紛擾和對虛榮的

# 渴望，治好了你的憂鬱

今天
黑山羊還是沒有誕下寶寶
麥皮蟲依舊在變色龍的糞便中翻滾
青蛙吃掉了狗的爛子宮
兩隻母龜猛力嗲公龜的陰莖
我受一隻雄性生物滋擾的同時
拒絕了愛人的來電

他們渴我
猶如喝
Sex on the beach
我用口水把他們淹沒
喵喵喵喵喵喵喵
我的聖殿
不是你們的旅館

——貓與蛋

## 非禮

陳家那個最好摸
謝家那個跑太快
馮家那個會發難
王家那個要哄一下
最好挑年輕又個子小的
她反抗不了

先給她一些甜頭讓她鬆懈
她當然會叫
可是她坐得這麼不正經
不就是撩人嗎？

來吧，寶貝！
你這滑溜溜的身軀
就是為我這種狂徒而生
別睡覺了！反正你沒事做
我可辛勞一整天啦！

別跟我談
什麼貓權主義
什麼貓性自主
當你讀著這煽情的報導
不也在蠢蠢欲動
施展祿山之爪嗎？

## 《衛報》：一隻傑出的動物

一隻羊打破了世界紀錄
一百萬
兩顆鑽石淚痣
一百四十萬
兩個自鳴得意的鼻孔
一百八十萬
焦糖色的屁股
二百萬
番茄般華麗的春袋
二百六十萬
男人用棍使牠仰頭
二百九十萬
牠粗啞地嗥叫
三百三十萬
小蹄在沙堆上亂跺
三百六十萬
男人在歡呼聲中鬆了手
牠笑了
頭也不回地溜回羊群裡去

註：2020 年 8 月，一隻來自荷蘭特塞爾島的公羊「雙鑽」在英國拍賣會上以 36 萬英鎊（約港幣 379 萬）賣出，打破了世界紀錄。據《衛報》報導，買家盛讚這是一隻傑出的動物。

哭的時候貓就會
一隻一隻的
靠過來
目不轉睛的盯著我
眼裏泛著光，像是說
快點開罐罐吧

對不起就算下一世還是
無法跟你在一起因為
我把山羊的睪丸摘掉然後
害牠肚子穿了一個洞然後
牠在我家哭哭啼啼一個月所以
我注定會變成山羊讓牠 X 可是
你不介意的話也可以跟我一起
變山羊因為
山羊很濫交

——用今生的思維解決／製造下世的煩惱

抱抱一個男人
支架會撐起來
抱抱一個女人
話匣子會全開
抱抱一隻貓
讓直升機刮掉你
抱抱一隻狗
讓海嘯淹沒自己
抱抱爸爸
空氣凝固了
抱抱媽媽
「你不夠錢用嗎？」
抱抱自己
有點想哭
抱抱枕頭
晚安

# 後記

小時候喜歡玩一個叫「美少女夢工場」的電腦遊戲，大部分玩家都會把「女兒」育養成公主，然後又會試試把她培訓成女王、天使、舞蹈家，當然也有人會把她變成盜賊、情婦之類，當中有一個身分是沒什麼人在意的，就是「吟遊詩人」——我自己就從沒試過把「女兒」培育成詩人——因為要當上「吟遊詩人」非常困難，當公主還有個劇本（必須製造場合讓她遇上王子），但「吟遊詩人」沒有劇本可循，她既不能太聰明，太聰明就會變成大臣；也不能感性過頭，否則會變了善心的天使；她必須遊手好閒，所以要為她編排很多閒逛的行程，可是蹓躂多了，又會變成流氓⋯⋯大概遊戲設計者也認為詩人是一種莫名其妙的存在吧。

當我出版了第一本詩集，我竟忽然變成「詩人」了，然後我逐漸發現身分改變的好處。剛出來社會工作的時候，我會說很多「啊，你好無聊」「這很沒深度」「這對白寫得太差了，我不想唸」之類的話，得罪過好些人，試過有記者訪問我最近有什麼「動向」，我說我家天台被颱風吹倒，我自己修理好了，她聽後目瞪口呆——大概她想聽到我將會跟某個名人合作，或是跟他約會之類，可是我腦海一直想著天台簷篷那個雨水形成的大水泡被篤破的情況……但成為「詩人」後方便多啦！像摸貓的道理，人家會覺得，貓不理你，甚至抓你，不是貓的錯，是你的錯（笑）。這個身分像一個免死金牌，也像一個通行證，令我終於可以暢所欲言。

寫詩也改善了我和自己的關係，我徹底接納了我是怎樣的一個人。我十八歲開始當模特，那是因為中學時大家都說我長得高，應該去當模特，工作上的伙伴會督促我要爭取機會，怎樣怎樣，但事實是，我是一個很懶惰的人。最近我接了一個化妝品廣告，廣告裡我是一個 Diva（天后），有一秒我有一種強烈的意識：我一點也不想 Diva。如果我不出彩，不想受注目，我不需要怪自己，那並非一種缺憾，純粹是因為我——不——想。那只是一個角色，那不是我。我的理想生活是一整天攤在床上看小說，貓躺在我身旁，最好有人替我按摩，一個按頭，一個按腳，所以要有兩個人，最好是兩個精壯的男人，最好有厚厚的手心，身體要香香的，不要臭臭的……

我衷心希望自己可以一直寫下去，因為這副德性活在世上真是死定了，所以我要不斷為詩人的身分續牌。我很感激印刻文學給這本詩集再版的機會，尤其感謝宋敏菁小姐和江一鯉小姐，她們為我處理了很多我不懂得處理的事情（尤其是在督促我交稿時，我還在說「我在洗牙」、「牙醫應該下地獄」的情況下）。最後，多謝讀者的支持，你們是我寫下去的動力，Thank You!

INK PUBLISHING
文學叢書 662
# 不要在我月經來時逼迫我

作者 謝曉陽
內頁圖片提供 謝曉陽
總編輯 初安民
責任編輯 宋敏菁
美術編輯 陳淑美
校對 謝曉陽 宋敏菁

發行人 張書銘
出版 INK 印刻文學生活雜誌出版股份有限公司
新北市中和區建一路249號8樓
電話：02-22281626
傳真：02-22281598
e-mail:ink.book@msa.hinet.net
網址 舒讀網 http://www.inksudu.com.tw

法律顧問 巨鼎博達法律事務所
施竣中律師
總代理 成陽出版股份有限公司
電話：03-3589000（代表號）
傳真：03-3556521
郵政劃撥 19785090 印刻文學生活雜誌出版股份有限公司
印刷 海王印刷事業股份有限公司

港澳總經銷 泛華發行代理有限公司
地址 香港新界將軍澳工業邨駿昌街7號2樓
電話 852-2798-2220
傳真 852-2796-5471
網址 www.gccd.com.hk

出版日期 2021年 9 月 初版
ISBN 978-986-387-477-5

定價 300元



國家圖書館出版品預行編目(CIP)資料

不要在我月經來時逼迫我／謝曉陽著.
--初版. --新北市中和區：INK印刻文學, 2021. 09
面； 14.8 × 21公分. --（文學叢書；662）
ISBN 978-986-387-477-5 (平裝)

851.487 110014514

舒讀網